Bianca Karwatt

Herausgeberin

Wald der Emotionen

Anthologie

- Band I -

BoD™
BOOKS on DEMAND

© 2017 Bianca Karwatt
Lektorat Buchstabenpuzzle
info@buchstabenpuzzle.de

Cover:
Azrael ap Cwanderay
Bildmaterial:
www.pixabay.de

Lektorat und Korrektorat:
Lektorat Buchstabenpuzzle Karwatt
www.buchstabenpuzzle.de

1. Auflage

Bibliografische Information der Deutschen Nationalbibliothek:
Die Deutsche Nationalbibliothek verzeichnet diese Publikation
in der Deutschen Nationalbibliografie; detaillierte bibliografische
Daten sind im Internet über http://dnb.dnb.de abrufbar.

Herstellung und Verlag: BoD – Books on Demand, Norderstedt

ISBN: **978-3-7460-5565-7**

Bianca Karwatt

Herausgeberin

Wald der Emotionen

Anthologie

- Band I -

Ich möchte nicht viele Worte machen, dennoch möchte ich allen Autoren von Herzen danken, die mir ihre Texte anvertraut haben, um daraus eine Anthologie zu machen. Sehr viele Texte erreichten mich, ehrlich gesagt so viele, dass wir insgesamt vier Anthologien damit veröffentlichen konnten.

Herzlichen Dank, meine Lieben!

Ihnen, lieber Leser danke ich, auch im Namen aller teilnehmenden Autoren, ebenfalls von Herzen, dass Sie mit dem Kauf unserer Anthologie ein privates Tierschutzprojekt unterstützen. Die Spende wird wirklich zu einhundert Prozent für die Tiere verwendet, versicherte mir Linda Marie Haupt.

Vielen lieben Dank!

Und ein letztes herzliches Dankeschön geht an Linda Marie Haupt
Sie kümmert sich nicht nur um Hunde und Katzen, nein, auch Wildtiere, die Hilfe benötigen, erhalten diese von ihr, zu jeder Tages- und Nachtzeit. In den vergangenen Jahren haben wir uns sehr oft darüber unterhalten, welche Tiere sie gerade versorgt. Ob es ein kranker Igel oder ein kleines Kätzchen war, aber auch Entenküken, die keine Mama mehr hatten, alle bekamen Hilfe von ihr. Für sie gibt es keine Unterschiede, Tier ist Tier und man spürt, wie sehr es ihr am Herzen liegt, diesen zu helfen.

**Danke schön, liebe Linda Marie
Haupt, für dein Engagement.**

Nun bleibt mir nur noch, Ihnen viel Spaß beim Spaziergang durch den Wald der Emotionen zu wünschen.

Bianca Karwatt

Ich habe mich nicht verändert

Ich habe mich nicht verändert!
Nur laufe ich keinen Menschen mehr hinterher,
denen ich unwichtig bin und
die meine Individualität nicht achten, schätzen,
respektieren und tolerieren wollen!

© Manipura Dantian

Bei aller Liebe

Susanne Linke zog die Übergardine einen Spalt zurück und blinzelte aus dem Fenster. Der wolkenlose Himmel schien sie bei ihrem gewagten Vorhaben unterstützen zu wollen. Wie jeden Nachmittag um diese Zeit spazierte Johannes Franke in den Park gegenüber und setzte sich auf die weiße Holzbank. Aufgeregt glättete sie ihren roten Rock und strich sich über die Hochsteckfrisur. Sie klemmte sich das sorgsam verschnürte Päckchen unter den Arm und eilte hinaus in den Vorgarten.

»Bei meinem Pech werde ich dem Nachbarn bühnenreif in die Arme sinken. Wahrscheinlich bringe ich wieder kein einziges Wort heraus«, murmelte sie und betrachtete ihre Gladiolen. Sie zupfte hier an einer Blüte herum und dort ein verwelktes Blatt ab. Als Hausmeisterin war das ihre Aufgabe, nur glänzten heute die Beete und es gab nichts für sie zu tun, nichts als diese gefürchtete Aussprache.

Der See lag ruhig im Sonnenschein vor ihr. Die Beine zitterten, als sie sich dem Geheimniskrämer näherte. Ihr Schatten fiel auf sein Gesicht und verwundert blickte er zu ihr hoch.

»Frau Linke, so eine Überraschung!« Sie holte tief Luft. »Darf ich mich zu Ihnen setzen?« Der nette Herr nickte, nahm seinen Hut ab und zeigte auf den Platz neben sich. Tauben gurrten um ihn herum, legten ihre Köpfchen schief und warteten ungeduldig auf die nächste Portion Futter aus seiner Papiertüte.

Ihre Stimme klang belegt, als sie unsicher begann: »Nun wohnen wir schon so viele Jahre im gleichen Haus und wissen nicht viel voneinander. Müssen Sie sich eigentlich bei Ihrer Arbeit sehr abmühen?« Susanne verstummte und musterte ihn aus den Augenwinkeln. Unmöglich sah er wieder aus in seinem grauen, zerknitterten Anzug.

Hatte er den Tag etwa als Kameltreiber in der Sahara zugebracht?

»Wie kommen Sie denn darauf? Ich bin Rentner, wie Sie wissen.« Unter seiner Hutkrempe musterte er die blonde Frau, die heute besonders elegant wirkte. Ob die geschätzte Nachbarin wusste, wie gern er vor ihr den Hut ziehen würde, wenn sich die Gardine hinter ihrem Fenster bewegte?

»Nun ja, Sie sehen immer so müde aus.« Wenn er nur nicht so zugeknöpft wäre, ärgerte sie sich. Schmachtete sie ihn etwa an? Jahrzehnte waren vergangen und kaum ein Wort hatte sie mit dem Mann ihres Herzens gewechselt. Wo sollte sie den Mut hernehmen, ihn noch einmal anzusprechen?

»Wissen Sie, die Leute sind neugierig und stellen mir Fragen.« Verwundert starrte Herr Franke einer Taube in die Augen.

»Leute? Welche Leute denn?«

Leicht machte es ihr der Querulant nicht gerade. Vielleicht stellte er sich nur unwissend. Egal, es war ihre Aufgabe, ihm gut zuzureden.

»Die Anwohner haben sich über Sie beschwert. Meier von oben stört sich an Ihrem schmutzigen Anzug und Frau Wachtel ärgert sich, wenn Sie nach dem Sandmännchen immer noch den Hammer schwingen.« Nach einer kurzen Pause fügte sie leise hinzu: »Das Ehepaar Schotter interessiert sich brennend für die fremden Kinder, mit denen Sie durch die Straßen ziehen.« So, nun war es heraus. Sollte er doch von ihr denken, was er wollte. Schade, sie hätte ihn gern näher kennengelernt, diesen schüchternen Exoten.

Natürlich, jetzt schwieg er wieder. Seufzend schob sie sich mit zitternden Händen die Sonnenbrille auf die Nase, hinter der sie ihm sofort einen verstohlenen Blick zuwarf. Er schien nicht verwundert zu sein. Jetzt äffte er den Tauben nach und kippte den gesamten Tüteninhalt vor ihnen aus. Susanne unterdrückte einen Seufzer. In dieser vornehmen Gegend wurde der romantische Kurplatz mit den blühenden Rosenrabatten besonders sorgsam und liebevoll gepflegt. Sah ihre Flamme denn nicht selbst, wie die Promenade verdreckte?

»Herr Reinke, verstehen Sie mich bitte. Nicht nur die Nachbarn, auch die Anwohner mögen es nicht, wenn Sie hier Tauben füttern.«

Johannes Franke räusperte sich.

»Ja, wissen Sie ...« Ihm blieb die Luft weg. Der sinnliche Duft ihres Parfüms stieg ihm in die Nase und nebelte ihn ein. Verlegen strich er sich über den Schnauzer. Täuschte er sich oder knisterte über ihnen die Luft wie bei zwei aufgeregten Turteltäubchen? Er wagte noch einen zweiten vorsichtigen Blick unter seinem Hut hervor. Entzückt beobachtete er, wie sie ihre Perlenkette drehte, und schielte dabei direkt in ihren Blusenausschnitt hinein. Nun konnte er keinen klaren Gedanken mehr fassen. Die Schöne wand sich und das Gespräch war ihr peinlich. Oh, wie tat sie ihm leid. Wenn ihm wenigstens eine gescheite Antwort einfallen würde. Nachbarn mäkelten doch ständig, aber was dachte Frau Linke jetzt über ihn?

»Lieber Herr Franke, ich habe mir erlaubt, Ihnen einen Anzug von meinem verstorbenen Mann herauszusuchen. Bitte nehmen Sie ihn ruhig an.« Verlegen schob sie das Päckchen über die Sitzbank. ›Den Gestreiften wird er mir gleich um die Ohren schlagen. Das geschieht mir recht. Wie peinlich‹, jammerte sie im Stillen und hätte heulen können. Diese ewig nörgelnden Mitbewohner, von Toleranz hatten die noch nie gehört und sie musste es ausbaden. Ihr war elend zumute. Nun blieb ihr nichts weiter übrig, als dem Sturkopf das nächste Mal eine Brieftaube zu schicken. Am besten verschwand sie jetzt, nicht nur aus dem Rosenpark, sondern auch aus seinem

Leben, gleich hinein ins nächste Mauseloch. Zögernd stand sie auf. »Entschuldigen Sie mich bitte«, flüsterte sie, sprang über einen seiner fressenden Lieblinge und hastete davon.

Erschrocken schnellte Herr Franke hoch und rief ihr nach: »Frau Linke? Wer sollte denn sonst den Kaninchenstall bauen? Die Jungen wünschten sich ein Baumhaus, die Mädchen eine Puppenstube. Es sind doch Überraschungen für die Kinder im Heim. Es tut mir so leid. Ich suche mir eine Bank auf der anderen Seite des Sees.« Johannes hob bedauernd die Hände. »Wegen mir sollen Sie keinen Kummer mehr haben. Warten Sie doch! Morgen findet dort das Sommerfest statt. Möchten Sie mich begleiten?« Susanne blieb stehen und drehte sich zu ihm um. Ihr Gesicht glühte, als sie lächelnd gestand: »Ich dachte, Sie würden mich nie fragen.«

© Sunny Claire

Ich zieh meinen Hut

Es ist das Herz, was so beschwert,
wenn es der Kummer stetig nährt,
ist es zerrissen, kühl und schwach;
nur die Hoffnung hält es wach.

Zugeschnürt fühlt sich die Kehle;
traurig spricht das Herz zur Seele ...
klagt sein Weh und seufzt auch ... ach;
nur die Hoffnung gibt noch nach.

Sehnsucht hat sich zugesellt,
Zuversicht sich eingestellt
und auch neue Kraft und Mut;
Hoffnung, ich zieh meinen Hut!

©Wolfgang Görs

Das brauche ich

Was ich brauche, kostet kein Geld,
es ist der Sonnenschein, der meine Seele erhellt.

Es ist der Regen,
er ist der Erde Segen.

Es ist das Lächeln eines Kindes,
es ist das Rauschen des lauen Windes.

Es sind die Erfahrungen eines Greisen,
die meinen Geist, immer aufs Neue speisen.

Es sind die kleinen Dinge im Leben,
die mir Kraft und Zuversicht geben.

Dinge, die mein Herz erfreuen,
damit will ich zufrieden sein.

Ein Platz an einem stillen Ort,
ohne Lärm und ohne ein Wort.

Ein Vogel, der ein Liedchen singt
ja, das ist es, was mir Freude bringt.

Es ist eine Hand, die mich hält
und nichts an mir in Frage stellt.

Es ist nur der Friede, den ich wünsche mir,
Heute und Morgen, jetzt und hier.

© Rosa Rike Bosbach

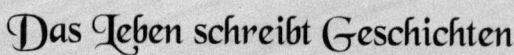

Das Leben schreibt Geschichten

Das Leben schreibt Geschichten,
die uns fröhlich stimmen,
aber auch Geschichten,
die uns traurig und wütend machen.
Das Schicksal schlägt unerbittlich zu.
Und fragt nicht, ob wir diese Geschichten
überstehen und überleben.

Gewalt, Misshandlung, emotionale Vernachlässigung
lassen uns trauern und weinen.
Hass, Wut und Zorn sind Gefühle, die wir erleben
wenn wir verarbeiten.
Das Leben scheint uns Steine in den Weg zu legen,
die wir nur schwer bewegen können.
Hoffnungslosigkeit! Trauer! Wut!

Alle Gefühle sind wandelbar,
wir müssen nur wahrnehmen und akzeptieren,
dass sie ein Teil von uns sind.
Die Zeit heilt unsere Wunden und durch die
Liebe in uns, werden wir verstehen,
dass wir unserem Schicksal nicht ausgeliefert sind.

Die Hoffnung hilft uns, stark zu bleiben
und immer weiter zu kämpfen.
Loslassen, und wir werden Freiheit erleben,
wo damals nur Fesseln waren.

Heute bin ich dankbar für dieses Leben.
Ich überlebe nicht - ich LEBE!

© Nicole Franziska Horn

Leb wohl

Verraten und verkauft,
belogen und betrogen,
manch jahrelange Freundschaft nimmt
einen desaströsen Verlauf.

Es fällt anfangs schwer,
an gute und gemeinsame Zeiten zu denken,
bestimmt momentan
die menschliche Enttäuschung unser Handeln,
von der sich der Mensch lässt lenken.

Aber auch diese Erfahrungen
lassen einen wachsen,
mit der Zeit vergessen die Schmerzen
und anderen wir reichen,
immer wieder und aufs neue,
eine freundschaftliche Hand,
die entgegengestreckt wird,
von Herzen!

© Manipura Dantian

Depression

Ich sterbe.

Ich fühle mich, als ob ein Feld aus Wasser um mich herum wäre. Jeder sieht hindurch zu mir, aber niemand sieht, wie ich langsam ertrinke. Niemand hört, wie ich versuche zu schreien. Das Atmen fällt schwerer und schwerer und das Bewegen wird immer anstrengender. Ich weiß nicht, wie lang ich noch aushalte.

Jemand greift in mein Wasser, aber bevor er mich berührt, schreckt er zurück. Er hat gemerkt, dass ich komplizierter bin, als ich scheine.

Die Luft wird knapp.

Ich höre, das Leute zu mir sprechen, aber ich verstehe nicht, was sie sagen. Ich gebe alles, um aus dem Wasser zu kommen, aber es umschlingt mich vollkommen und je härter ich versuche, dagegen anzukämpfen, desto schwerer wird es weiter zu atmen.

Ist das wirklich das Ende? Geht es so zugrunde?

Ich möchte nicht aufgeben, aber mein Körper wird schwach. Ich atme schneller und schneller, aber ich bewege mich immer langsamer. Leute wenden sich von mir ab. Sie sehen nicht, wie ich kämpfe, sie hören nur nichts von mir.

Ich kämpfe.

Ich versuche, immer noch aus dem Wasser herauszukommen, aber es bringt nichts. Das Wasser umschlingt mich schon seit Monaten. Wie schaffe ich es, noch zu atmen? Alles wird anstrengend. Atmen. Aufstehen. Die einfachsten Sachen werden zur Herausforderung.

Ein Jahr vergeht. Zwei Jahre vergehen.

Das Wasser zwingt mich nieder, und ich schaffe es nicht aufzustehen.

Drei Jahre.

Ich werde schwach. Ich möchte nicht mehr kämpfen. Ich möchte diese Anstrengung nicht mehr ertragen. Ich möchte frei sein. Einfach nur frei. Nicht reich, nicht schön, nur frei.

Vier Jahre.

Ich sterbe.

Kinder schützen

Das Lachen eines Kindes erhellt
einen noch so trüben Tag.
Die Sonne strahlt heller,
wenn ein kleiner Mensch dich anlächelt.

Ein Kinderlachen schenkt uns Kraft
und lässt uns manchen Schmerz leichter ertragen.
Schaust du in die Augen
eines fröhlichen Kindes,
vergisst du für einen Moment
deine körperlichen Gebrechen.

So ein kleiner lachender Mensch
schenkt dir Trost in dieser Welt
von Gewalt und Ungerechtigkeit.
Darum lieben wir unsere Kinder,

darum müssen wir sie schützen.
Ja, schützen, vor Gewalt und Terror,
vor Mord und Vergewaltigung.

Wir müssen sie schützen,
vor Hunger und dem ganzen
Elend dieser ach so schönen Welt.

Wir haben die Verantwortung,
ihnen das Vertrauen zu erhalten,
das sie uns schenken.
Alle Kinder sind ein Segen,
ein Segen für diese Welt.

© Rosa Rike Bosbach

Lisas Traumwelt

»Lisa, es ist Zeit für dich, ins Bett zu gehen!«

Peter, Lisas Vater, räumte gerade noch die Küche vom Abendessen auf, was normalerweise ihre Mutter immer gemacht hatte. Doch das konnte sie nicht mehr. Sie starb vor drei Monaten an einer unheilbaren Krankheit, zwei Wochen vor Lisas neuntem Geburtstag. Seitdem lebte Lisa mit ihrem Vater alleine und freute sich jeden Abend darauf, das Land ihrer Träume zu besuchen.

»Ich bin schon fertig!« Sie lächelte ihren Vater mit frisch geputzten Zähnen, blitzsauberen Händen und Gesicht an. Sogar den Schlafanzug hatte sie bereits übergestreift.

»Also gut, mein kleiner Wildfang.« Er hob er seine Tochter hoch, trug sie in ihr Prinzessinnenzimmer, legte sie aufs Bett und kitzelte sie solange durch, bis Lisa keine Luft vor Lachen mehr bekam.

»Schlaf gut, mein Schatz!« Noch ein kleiner Kuss auf die Wange und schon kuschelte sie sich in ihr Kissen, hoffte bald einzuschlafen. Kurz darauf fand sie sich auf der grünen, saftigen, mit Blumen durchzogenen Lichtung wieder, die sie jede Nacht in ihrem Traum sah.

Der Wind wehte ihr durch die blonden Haare und das rosa Rüschennachthemd. Die Sonne spiegelte sich in ihren blauen Augen, die sich nach der Wärme sehnten.

Mit weit ausgebreitenden Armen lief sie freudig über das Gras, das zwischen ihren nackten Zehen kitzelte und hielt Ausschau nach etwas, das sie tagsüber immer vermisste.

»Hallo Lisa, da bist du ja! Hattest du einen schönen Tag?«

Freudestrahlend drehte sie sich zu dem stolzen hellschimmernden Wesen um, das sie aus Geschichten kannte, die ihre Mutter ihr abends immer vorgelesen hatte. Weiß, groß, stark, lange Mähne und Schweif. Das Horn auf seiner Stirn trug es mit Stolz auf dem erhobenen Kopf.

»Ja, den hatte ich. Aber ich freue mich auch immer, wenn ich hierher kommen und bei dir sein kann!«, gab sie mit Wehmut in ihrer Stimme zu.

»Ich weiß mein Schatz und ich bin froh, wenn ich dich bei mir habe!« Das Wesen legte den großen Kopf auf Lisas Schulter, die sie genüsslich streichelte.

»Nun komm, ich habe dir doch versprochen heute unseren Wald zu zeigen!« Es nahm Lisas Hemdärmel zwischen die Zähne und zog sie mit sich. Das ließ Lisa sich nicht zweimal sagen und folgte der jungen Einhornstute über die Lichtung in den Wald. Sonnenstrahlen brachen sich in den Wipfeln der Bäume und beleuchteten den bedeckten Boden.

»Schau, da sind noch mehr von uns!«, wies das Einhorn nach wenigen Metern auf eine Gruppe Einhörner, die friedlich am Grasen war, hin.

Glücklich sah Lisa sich die schillernden Wesen von Weitem an. Sie wollte sie nicht erschrecken und hielt daher genügend Abstand. Doch dann fielen ihr plötzlich zwei dieser Schönheiten etwas abseits der anderen auf. Sie schmusten Kopf an Kopf und Lisa wurde das Gefühl nicht los, als würde sie die beiden kennen. Ganz tief in ihrem Inneren machte sich ein merkwürdiges Gefühl breit und sie fühlte sich zu den Zweien so sehr hingezogen, dass sie am liebsten losgerannt wäre.

»Sind das … Oma und Opa?«, sah sie nachdenklich zu der jungen Stute, ihrer Mutter in Einhorn-Gestalt.

»Du hast eine gute Auffassungsgabe, mein Engel!«, lächelte die Mutter zufrieden.

Lisa beobachtete die Herde weiter. Das zänkische Spielen, Grasen und das friedliche Miteinander.

Doch plötzlich wurde die Herde von irgendwoher aufgeschreckt und alle liefen wild durcheinander.

Ein merkwürdiges Geräusch hallte im Wald wider. Erschrocken sah sich Lisa nach ihrer Mutter um.

»Das ist der böse Magier Crossworld! Er will uns alle töten und diese Welt vernichten. Wir müssen so schnell wie möglich weg von hier! Komm steig auf meinen Rücken!« Das Einhorn kniete nieder. Schnell setzte sie sich auf ihre Mutter. Gemeinsam rannten sie durch den Wald, in Richtung eines Sees, der so tiefblau wie Lisas Augen war.

»Warum will er euch das denn antun?«, wollte Lisa ängstlich wissen. Sie wollte sie nicht noch einmal verlieren, nicht, da sie diese doch gerade erst wiedergefunden hatte.

»Ich weiß es nicht! Er jagt die Einhörner und das schon seit Ewigkeiten. Großmutter hat mir erzählt, dass sie bis jetzt immer Glück hatten, denn der See besitzt magische Fähigkeiten. Er bildet eine Art Schutzschild, durch den der Magier nicht gelangen kann.«

Vorsichtig schritt sie durch den See, hinter dem ein Höhleneingang lag. Die Höhle war groß genug, um die ganze Herde darin zu verstecken. Alle, bis auf ihre Großeltern hatten es hinter den Schutzwall des blauen Wassers geschafft.

»Wir müssen ihnen helfen. Ich weiß nicht wie lange sie vor ihm weglaufen können«, überlegte Lisas Mutter angsterfüllt.

»Das können wir nicht. Sobald wir die Höhle verlassen, geht es uns allen an den Kragen«, wandte einer der Hengste ein.

»Aber wir können sie doch nicht sterben lassen!« Tränen liefen über Lisas blasses Gesicht. Sie wollte weder ihre Mutter noch die Großeltern ein weiteres Mal verlieren. Der Magier würde diesen schönen Ort zerstören. Den Ort, an dem sie ihre Mutter sehen konnte und das durfte Lisa nicht zulassen.

»Sie hat Recht. Wir können sie nicht einfach ihrem Schicksal überlassen. Wir müssen etwas unternehmen. Wir müssen Crossworld das Handwerk legen!«, gab schließlich die älteste Stute der Herde von sich.

Ein Raunen ging durch die Höhle und schließlich sprach der Hengst: »Also gut, versuchen wir es! Aber ihr wisst auch, was passiert, wenn wir ihn nicht vernichten können.« Er sah von einem zum anderen. Alle nickten entschlossen ihre kräftigen Köpfe.

Vorsichtig führte Lisas Mutter die anderen aus der Höhle in Richtung Wald zurück. Von Weitem hörten sie das erbitterte Wiehern von Lisas Großeltern. Ein kalter Schauer lief ihr über den Rücken und sie hoffte, dass der Magier sie noch nicht erwischt hatte.

Schnellen Ganges machten die Einhörner sich auf den Weg, aus der sie das Wiehern hörten.

Je näher sie kamen, umso lauter wurde es.

»Da seid ihr ja endlich! Dachte ich es mir doch, dass ihr sie retten würdet und prompt in meine Falle tappt«, schrie der düstere Magier, lachte dabei höhnisch auf. Sein blauer Umhang wehte im Wind und er hob drohend seinen Zauberstab. Der alte Mann mit langem weißen Bart war fest entschlossen, Lisas Traumwelt und damit die Einhörner zu zerstören. Doch das würde sie auf gar keinen Fall zulassen. Sie hatte diesen Ort gefunden oder sogar geschaffen. Ein Ort, an dem alle glücklich und zufrieden leben sollten. Der Ort, an dem sie Zuflucht zu ihrer Mutter und den Großeltern finden konnte. Und dieser Magier war in Begriff, alles und jeden darin zu vernichten. Niemals!

Lisa schwang sich vom Rücken ihrer Mutter, rannte wutentbrannt auf den Magier zu und umschloss sein linkes Bein mit ihren zierlichen Armen.

»Was soll das? Lass los du kleine ...«, versuchte er, sie abzuschütteln.

»Nein, das werde ich nicht! Nicht bevor du alle in Ruhe lässt!« Fester umgriff sie jetzt beide Beine.

Gerührt sah jedes Einhorn zu ihr und jeder wusste sogleich, dass sie nur so mutig wie ein kleines Kind sein mussten, wenn sie diesen Zauberer schlagen wollten. Aber sie waren keine Kinder, sie waren etwas Größeres, etwas Mächtigeres, etwas, das seit Jahrhunderten in Geschichten und Erzählungen seinen Platz hatte.

Voller neuem Selbstvertrauen und neugewonnener Kraft, stellte Lisas Mutter sich auf die Hinterbeine und ließ ein kraftvolles Wiehern hören. Ein Mensch, den sie über alles liebte, brachte sich ihretwegen in Gefahr. Das konnte und wollte sie auf keinen Fall zulassen.

Erschrocken sah der Magier zu den Einhörnern, die es Lisas Mutter gleichtaten. Er wusste, dass er keine Chance hatte, wenn sich die mächtigen und stolzen Tiere zusammentaten. Und dies erreichte ein kleines mickriges Kind, das sich noch immer um seine Beine geschlungen hatte und nicht den Anschein erregte, ihn wieder loszulassen. Verzweifelt versuchte er, das Kind abzuschütteln, aber es schien, als klebte sie förmlich an ihm. Die Angst machte sein Gesicht faltig und seine Hände zitterten.

Lisas Mutter streckte ihr Horn nach vorn, das im Sonnenlicht kurz aufblitzte und schritt auf den Magier zu. Ihre Großeltern beobachteten alles im Schutz einer Baumgruppe.

»Lass sofort meine Tochter in Frieden, du ekelhafter Kerl«, kam sie drohend auf ihn zu.

»Moment mal. Ich sie? Sie hält mich doch fest.« Noch immer versuchte er, sich von dieser Klette zu befreien.

Wütend und schnaufend setzte ihre Mutter einen Schritt vor den anderen und mittlerweile glühte ihr Horn. Eine längst in Vergessenheit geratene Magie brach aus ihr heraus, die durch die Liebe zu ihrem Kind entfachte. Gestärkt von den restlichen Einhörnern, die sich ihr anschlossen.

Voller Angst fiel Crossworld sein Zauberstab wieder ein, richtete ihn auf Marie und versuchte, einen Zauberspruch zu formen. Ein heller Lichtblitz verließ die

Spitze des Stabs und tauchte in das Horn der Mutter ein. Zufrieden beobachtete er sie und wartete auf das Ergebnis seiner Worte.

Lisa sah ängstlich zu, wie ihre Mutter mit der Magie des Zauberers zu kämpfen hatte und war erstaunt, als sie plötzlich laut und kraftvoll losschrie.

Noch immer das Horn auf den Magier gerichtet, glühte es so hell wie die Sonne und der Zauber, der eben noch in ihr Horn eingetaucht war, schoss mit einer gewaltigen Kraft auf den Magier zurück, der ihn mit großen Augen und einem lauten Aufschrei kommen sah.

Alle warteten gespannt. Nur Marie rannte zu Lisa und holte sie von dem bösen Mann weg, bevor der Zauber sich komplett entfalten konnte. Gemeinsam sahen sie zu, wie der Magier sich hin und her wand, sein Körper sich in grelles Licht verwandelte und schließlich mit einem lauten Knall verpuffte.

»Mama, du hast es geschafft.« Lisa umarmte stürmisch Maries Hals und Tränen der Freude rannen über ihr Gesicht.

»Nein, Lisa, das ist alleine dein Verdienst. Hättest du uns nicht gezeigt, dass wir nur Mut und Liebe brauchen, um diese Welt und unser Andenken zu bewahren, hätte das keiner von uns geschafft.« Die Mutter strich mit ihrer Wange über Lisas. Noch einige Zeit verharrten sie, bis Marie Lisa langsam freigab.

»Du musst jetzt zurück zu deinem Vater, er wartet schon auf dich.«

»Ich will aber hier bei dir bleiben, ich will dich nicht verlieren und Großmutter und Großvater auch nicht.« Lisa versuchte, sich an Maries Mähne festzuhalten.

»Du verlierst uns doch nicht, du Dummerchen.« Nun kamen ihre Großeltern auf die beiden zu.

»Stimmt, Großmutter hat Recht. Wir sind immer bei dir.« Der Großvater leckte ihr zärtlich über das Gesicht.

»Aber ihr seid nicht bei mir zu Hause«, gab Lisa traurig von sich.

»Doch Lisa, das sind wir! Wir sind immer bei dir, und zwar hier und hier.« Die Mutter stupste mit der Nase zuerst auf Lisas Kopf und dann auf ihre Brust. »Solange du an uns denkst und uns nicht vergisst, werden wir bei dir sein. Dazu braucht es keine Traumwelt.« Das junge Einhorn verwandelte sich noch einmal kurz in eine Frau und legte ihre Hände auf Lisas Kopf und Herz.

»Mama!« Weinend schloss sie ihre Mutter in die Arme.

»Ich liebe dich, Lisa. Dich und deinen Vater. Und ich möchte, dass ihr glücklich seid und nicht um mich trauert«, waren ihre letzten Worte, bevor sie sich wieder in das Einhorn zurückverwandelte.

»Ich liebe euch auch und ich werde euch nie vergessen.« Kurz lächelte sie und drückte ihrer Einhornmutter noch einen dicken Kuss auf den Kopf, bevor sie ihre erschaffene Traumwelt verließ und in ihrem Bett aufwachte.

Aufgewühlt rannte sie zu ihrem Vater, der bereits das Frühstück vorbereitete, und erzählte ihm die ganze Geschichte. Peter hörte aufmerksam zu und tröstete seine Tochter am Ende der Erzählung.

»Deine Mutter hat Recht, Lisa. Wir werden sie immer bei uns tragen, solange wir an sie denken. Auch wenn ihr Bild langsam verblasst, doch ihre und unsere Liebe wird uns immer verbinden.«

»Ich vermisse sie so sehr«, gab sie mit Tränen in den Augen von sich.

»Ich weiß, Lisa, ich auch.« Er nahm seine Tochter fest in die Arme.

Nach und nach verblasste die Welt in Lisas Träumen und sie verstand.

Die Traumwelt war ihr wahres Zuhause, das Einhorn ihre Mutter, die sich um sie sorgte und der böse Magier die Krankheit, die ihre Mutter sterben ließ. Den Kampf, den sie gemeinsam ausgefochten hatten, war vorbei, die Liebe und Zuneigung, die ihre Mutter ihr entgegenbrachte und die sie immer in ihrem Herzen bei sich tragen würde, jedoch immer bei ihr.

Einhörner waren magische Wesen, die ihr über ihre Trauer hinweghalfen und genauso unerreichbar wie ihre verstorbene Mutter waren, die ihr auf diesem Weg sagen wollte, dass sie und ihr Vater glücklich werden sollten, auch wenn sie in Menschengestalt nicht mehr bei ihnen sein konnte.

© Bianka Mertes

Selbstliebe

Hadere nicht,
sondern kämpfe weiter,
nur du kannst das Leben gestalten
und es werden lassen heiter.
Öffne die Augen und erblicke,
was wir dürfen sehen,
es sind die kostbaren Augenblicke,
die an uns vorüberziehen
und wir dürfen nehmen.

Ob Dauerregen oder Sonnenschein,
das Ich prägt persönliches Sein!
Du darfst dich lieben,
hierfür bist du geboren
und nicht nach vergangenen Qualen leben,
die du hast für dich zum
beständigen Begleiter auserkoren.

Öffne die Augen, erblicke dich,
ergreife die Chancen,
und sieh in deine Seele,
die spendet Licht.
Höre auf dich selbst
und ergreife Möglichkeiten,
lasse dich von dir führen
und zu neuen Ufern leiten.

© Manipura Dantian

Die Farbe Rot

Rot ist die Farbe der Liebe.
Rot sind meine Lippen, die dich küssen.

Rot ist die Rose, die du mir schenkst.
Rot ist mein Kleid, das ich trage,
wenn ich dich verführe.

Rot ist der Wein, den wir trinken, wenn wir träumen.
Rot ist die Farbe unseres Blutes, das unsere Herzen
zum Rasen bringt, wenn wir uns lieben.

Rot ist der Rubin in dem Ring,
den du mir an den Finger steckst aus Liebe.

© Rosa Rike Bosbach

Einsam – Zweisam?

Einsam steh ich an der Bar,
überlege, wie es früher war.

Nie musste ich hier einsam sein,
du und ich, stets nur zu zweien.

Nicht immer ist das Leben fair,
ein ›Wir‹, das gibt es heut nicht mehr.

Diese Bar, sie schenkte einst mir Glück,
kehrt es vielleicht erneut zurück?

Ich steh an der Bar und ich wünsche mir:
Gleich trittst DU durch diese Tür!

Ich werde es wissen, bin bereit,
bereit, für eine Zeit zu zweit.

© Linda Marie Haupt

Die Macht der Rosen

Ein Meer von Rosen möchte er ihr zu Füßen legen,
um bei ihr seine Aufmerksamkeit zu erregen.

Wenn ein Mann eine Frau mit Rosen beglückt,
hat er sie für sich schon gewonnen ein Stück.

Denn Rosen sind der Traum einer jeden Frau,
auch das weiß ein Mann sehr genau.

Eine Frau verweigert eine Rose nie,
für sie ist sie wie Poesie.

Voll Anmut eine Rose wirkt
und ihre Sinne gleich betört.

© Rosa Rike Bosbach

In den Bergen

Unterwegs in den Bergen lag dieser wundervolle See.
Der erste Eindruck kaum zu beschreiben.
Das Wasser so blau und klar, das sich
die Bäume darin spiegelten.

Ich setzte mich nieder auf die Erde
und konnte meine Augen nicht lassen von dem Blau.
Meine Seele fühlte Heimat.
Meine Gedanken waren ganz bei diesem Augenblick
in der Gegenwart.
Meine Gefühle so leicht und unbeschwert.
Ich erlebte die Ruhe, die häufig im Alltag verloren geht.
Die Stille der Natur durchbrach alles,
was in diesem Moment noch nicht bereit war,
um losgelassen zu werden.

Jeder einzelne Baum sprach seine eigene Sprache.
Jede Pflanze so unberührt,
ließ mich träumerisch in die Ferne blicken.
Die Berge im Hintergrund zeigen mir auf,
wie mächtig Mutter Natur sein kann.

Große Felsen mit Schnee bedeckt
erheben sich in den Himmel
und geben mir ein Gefühl
von Freiheit und Vollkommenheit.
Noch immer sitze ich auf der Erde
und kann den Blick nicht abwenden.

Fasziniert von der Aussicht,
genieße ich einfach nur den Moment.
Ich spüre meine Seele, die lächelt,
die aufatmet und endlich am Leben ist.

Ich fühle mich, als bin ich im Leben angekommen.
Unterwegs in den Bergen, ist die Freiheit grenzenlos
und meine Emotionen
passen sich der wundervollen Umgebung an.

Mensch, denke immer daran!
Unsere Erde bietet uns immer Möglichkeiten,
um zu entspannen und die Augenblicke zu genießen.
Unsere Erde muss erkundet werden,
damit unser Herz seine Heimat finden kann.

© Nicole Franziska Horn

Mein Kind

Mein Kind, ich werd dich immer lieben,
solange ich noch bin,
so ist es, wenn man Mutter ist,
so war's von Anbeginn.

Wein ich auch manche Träne,
weil du soweit bist fort,
hab dich in meinem Herzen,
egal an welchem Ort.

Vergeh'n auch viele Jahre,
die ich mich nach dir sehn',
es wird die Stunde kommen,
da wirst du vor mir stehn.

Das Schicksal kanns nur wissen,
zu welcher Zeit es ist.
Ich glaube an die Liebe,
die in uns beiden fließt.

© Rosa Rike Bosbach

Das Leiden –
oder die tiefe Trauer um den Verlust der Familie

Die Scheidung war bereits lange vollzogen, und ich konnte nichts anderes tun, als es zu akzeptieren. Der Kontakt zu meiner Ex-Frau bestand nur noch durch die gemeinsamen Kinder, die regelmäßig an den Wochenenden zu Besuch kamen. Ich vermisste das Familienleben, aber musste mich mit der jetzigen Situation arrangieren. So versuchte ich, meinen Kindern all die Liebe zu geben, die ich noch in mir hatte. Wir verbrachten die Wochenenden im Garten, schliefen unter Sternenhimmel im Schlauchboot, die Kinder malten mir Bilder, die ich sorgfältig aufbewahrte im Schlafzimmer in der Schublade. Wenn die beiden vor dem Commodore 64 saßen und Computerspiele spielten, verwöhnte ich sie mit Süßigkeiten und selbst gemachten Hamburgern. Es war mir eine Freude, die beiden glücklich zu sehen.

Ich war ein leidenschaftlicher Kegler im Verein und die Kinder liebten es, mir dabei zuzusehen. Besonders spannend wurde es, wenn sie selbst die Kugel in die Hand nehmen durften. Ich fuhr viel Fahrrad, ging zum Schwimmen und war eher der sportliche Typ. Auch im Beruf klappte alles wunderbar. Ich war Maschinenbautechniker in einer angesehenen Firma in der Umgebung. Da ich mein Haus direkt neben der Firma hatte, übernahm ich an den Wochenenden viele Hausmeisterdienste in der Firma, wo auch hin und wieder meine Kinder fleißig mithelfen durften. Oft zeigte ich ihnen die Firma, meinen Schreibtisch, an dem meine Tochter immer saß und »Rechnungen« schrieb. Es war entzückend, sie dabei zu beobachten. Ich tat sehr viel für meine Kinder, denn sie waren mir sehr wichtig. Sie waren das, was von meiner Familie noch übrig blieb.

Bereits zwei Jahre nach der Scheidung von meiner Frau, lernte sie einen anderen Mann kennen. Dann passierte das für mich Schreckliche. Sie zogen in eine andere Stadt 250 Kilometer entfernt. Was wird aus den gemeinsamen Wochenenden mit meinen Kindern? Wie soll ich das aufrecht erhalten? Kann man dies überhaupt aufrecht erhalten?

Wie vermutet wurden die Wochenenden weniger und weniger. Von meiner Tochter bekam ich noch regelmäßig Briefe. Sie war gerade neun Jahre alt. Der Kontakt wurde aufrechterhalten durch die Unterhaltszahlungen für die beiden gemeinsamen Kinder, sonst hörte ich nur sehr wenig von meiner Ex-Frau. Ich kam noch immer nicht wirklich über die Scheidung hinweg, und jetzt verlor ich auch noch meine beiden Kinder. Ich war alleine. Klar war meine eigene Familie noch im nahen Umkreis, aber das Haus wurde leer und einsam. Ablenkung suchte ich in der Arbeit und in den Kegelabenden mit den Freunden. Regelmäßig war ich zu Besuch bei meiner Mutter, wo auch meine Geschwister immer zum Kaffee kamen an den Wochenenden. Diese Treffen waren immer sehr wichtig für mich. Ich sprach immer sehr von meinen beiden Kindern. Sie waren einfach immer noch der Mittelpunkt in meinem Leben.

In den mittlerweile drei Jahren nachdem meine Familie auszog, hab ich nie wieder die Dachetage des Hauses betreten, wo meine Kinder ihre Zimmer hatten. Ich beließ alles so, wie es war, räumte nichts aus und veränderte nichts. Wenn die Kinder an den seltenen Wochenenden bei mir waren, schliefen sie in meinem Schlafzimmer und ich nächtigte auf meinem Fernsehsessel im Wohnzimmer. Diese Wochenenden wurden immer seltener und ich konnte auch das wieder nur akzeptieren. Es vergingen wieder zwei Jahre, als ich die traurige Nachricht von meiner Ex erhielt, dass meine beiden Kinder ab sofort in einem Kinderheim leben sollten. Der genaue

Grund wurde mir nie mitgeteilt. Die Kinder durften alle vier Wochen am Wochenende nach Hause fahren. Während sich mein Sohn des Öfteren entschied, zu mir zu fahren an diesen Tagen, so entschied sich meine Tochter, die Tage bei meiner Ex-Frau und ihrem Lebensgefährten zu verbringen. Der Kontakt zu meiner Tochter wurde weniger und weniger. Ab und zu telefonierten wir, aber auch dies wurde immer seltener. Häufig trank ich mal ein Gläschen Wein am Abend oder einen Likör. Mit der Zeit merkte ich, dass es zur Regelmäßigkeit wurde. Es half mir über meinen Kummer hinweg. Während dieser Zeit bekam ich nun auch öfter Anrufe von meiner Ex, in denen sie äußerte, die Scheidung zu bereuen. Ich machte ihr deshalb oft den Vorschlag, wieder zurückzukommen, aber auf diesen ging sie leider nie ein. In meiner Wohnung herrschte mittlerweile großes Chaos. Das Geschirr stapelte sich in der Spüle, die ungewaschene Wäsche lag haufenweise in der Badewanne, die Teppiche der Wohnung blieben ungesaugt. Wenn die Kinder mal wieder zu Besuch kamen, räumte ich grob etwas auf, aber ich konnte gerade meiner Tochter anmerken, dass sie sich von Mal zu mal unwohler fühlte in der Wohnung. Sie war mittlerweile ein Teenager im Alter von fast fünfzehn und legte doch Wert auf Ordnung, vor allem weil sie es ja im Kinderheim auch so lernte. Wenn sie bei mir war, sprach sie nur sehr wenig und sie war viel ruhiger als früher. Natürlich dachte ich immer, das läge an mir und der unordentlichen Wohnung. Nach jeder Abreise zerriss es mir fast das Herz und ich betäubte mich mit dem Alkohol, den ich mittlerweile zu Hauf in der Wohnung bunkerte. Wenn ich mal wieder bei meinen Eltern zu Besuch war, hatte ich häufig schon davor Alkohol getrunken. Für einige Jahre blieb das alles auch noch unbemerkt. Meine Kinder waren bereits beide erwachsen geworden und hatten mittlerweile auch einen anderen Blickwinkel auf das Leben. Sie wussten bereits, was gut und was falsch ist. Sie nahmen Dinge wahr, die sie als Kinder nie verstehen hätten können. Gerade meine Tochter wollte mir häufig auch im Haushalt helfen, aber ich ließ keine Hilfe zu. Ich sagte und versprach ihr immer nur, dass ich mich darum kümmern würde. Dieses Versprechen gab ich wohl zu oft, denn mittlerweile glaubte sie mir schon nicht mehr. Irgendwann sprach sie wohl auch mit meiner Mutter, also ihrer Großmutter über die Sorgen, die sie sich machte. Sie schien zu befürchten, dass ich Alkohol trinke, denn meine Mutter sprach mich Tage darauf auf dieses Problem an. Ich war entsetzt und stritt das natürlich ab. Schließlich ging das niemanden etwas an und ich hatte das ja auch alles im Griff.

Immer mehr wurde ich zum Einzelkämpfer, ich sagte immer häufiger die Kegelabende ab, saß stattdessen zuhause auf meinem Fernsehsessel vor dem TV mit einer Flasche Wein. Ich begann nicht mal mehr die Flaschen wegzuräumen. Ich legte sie einfach auf den Boden neben den Sessel, während ich die nächste Flasche bereits holte. Es war mittlerweile der Punkt gekommen, dass ich niemanden mehr in meine Wohnung hereinließ. Wenn mich meine Kinder besuchen wollten, dann gingen wir zum Essen oder trafen uns bei meinen Eltern. Für eine Übernachtung hab ich immer gesorgt in einer Pension. Hauptsache niemand musste mehr in meine Wohnung. Niemand musste mehr das Chaos sehen. Nach außen wirkte ich gepflegt und niemand konnte ahnen, was in meiner Seele wirklich abging. Wie schwer meine Seele eigentlich verletzt war. Eigentlich bemerkte ich dies selbst nicht, denn Hilfe hab ich von niemandem angenommen. Nicht mal von meiner eigenen Mutter, die öfters an meiner Haustüre klingelte, um nach dem Rechten zu sehen. Sie erkannte die Situation dennoch, denn sie schaute auch durch das Fenster ins Haus und sah all das Chaos, zwar nur von außen, aber das schien ihr bereits zu reichen, um mehrmals ein Gespräch mit mir zu führen.

Gemeinsam mit meiner Tochter redeten sie immer wieder auf mich ein. Doch sie verstanden einfach nicht, dass ich keine Hilfe benötigen würde. Schließlich sei es mein Leben.

Die leeren Weinflaschen sammelten sich mittlerweile um meinen Fernsehsessel, aber es störte mich nicht. Hm, vielleicht störte es mich doch. Aber ich fand einfach die Kraft nicht. Ich fand überhaupt keine Kraft mehr, um mich um dieses Haus zu kümmern, in dem kein Leben mehr herrschte. Auch in der Arbeit bemerkte man, dass ich nicht mehr so zuverlässig mehr war, dass ich viele Fehler machte und mich nicht mehr so konzentrieren konnte, wie ich es sollte. Das hatte auf lange Zeit zur Folge, dass ich nun auch noch meine Arbeit verlor. Der Alkohol war mittlerweile mein bester Freund geworden. Er würde mich wohl nicht im Stich lassen. Viele Jahre lebte ich in diesem Zustand. Ich fühlte mich einsam und hatte lange nichts mehr von meinen Kindern gehört. Oft sah ich sie gerade mal einmal im Jahr, wenn sie die 250 km zu mir und der Verwandtschaft gefahren sind. Es war traurig, was aus einer einst glücklichen Familie geworden war.

Die Wände in meinem Haus färbten sich zum Teil schwarz und gelb von all dem Rauch der Zigaretten und dem Nicht-mehr-sauber-machen. Aber es war mir egal. Ich hatte meinen Fernsehsessel, in dem ich auch die Nächte verbrachte, hatte den TV, der meine Unterhaltung war und ich hatte den Alkohol. Mehr brauchte ich nicht mehr in meinem Leben. Natürlich war ich immer noch regelmäßig zu den Treffen bei meinen Eltern und Geschwistern, aber niemand sprach mich wirklich auf meine Situation an, denn jeder schien sich in irgendeiner Weise hilflos zu fühlen. Aber dies war mir nur recht. Denn Hilfe wollte ich keine.

Irgendwie war ich da so reingerutscht, und hing nun fest in diesem, meinen Leben. Glücklich war ich natürlich nicht, sonst würde ich auch nicht den Alkohol brauchen. Aber ich nahm dies nicht wahr. Ich konnte dies nicht wahrnehmen. Aber meine Seele war kaputt, wenn nicht sogar gestorben. Die Jahre zogen ins Land und nach außen spielte ich ein perfektes Leben. Doch das innere Chaos nahm kein Ende. Im Gegenteil, es wurde schlimmer, und nun kamen auch noch körperliche Beschwerden hinzu. Ich verlor im Laufe der Jahre immer mehr an Gewicht. Ich konnte keinen Sport mehr machen, weil mein Körper zu schwach war. Meine Mutter sprach immer wieder mit mir, einen Arzt aufzusuchen, da sie sich große Sorgen machte, doch ich weigerte mich. Sicher würde er bemerken, dass ich Alkohol trinke. Das wollte ich nicht. So lebte ich mein Leben weiter. Bemerkte dabei nicht, wie ich auf vom Geiste her immer mehr abbaute. Ich steckte Brot in die Lampe, Lebensmittel in die Waschmaschine, steckte den Gefrierschrank aus, der voll mit Tiefkühlkost war, von den Geschirrbergen in der Küche nicht zu sprechen. Zeitungs- und Müllberge in der Küche machten ein angenehmes Wohnen nicht mehr möglich. Doch im Schlafzimmer war alles anders. Dort schliefen meine Kinder. Vor mittlerweile zwanzig Jahren zog die Familie aus, aber im Schlafzimmer hat sich nichts verändert. Die Puppen und Monchichis meiner Tochter saßen noch immer auf dem Bett bereit, die gemalten Bilder lagen unberührt alle in der Schublade und im Nachtkästchen lagen die Comics der Kinder.

War ich wirklich nicht mehr Herr meiner Selbst? Was passierte hier? Was ist nur aus mir geworden? Meine Familie sagte, ich sei krank, ich bräuchte Hilfe und solle mit jemandem sprechen. Doch mein Geist sah all diese Probleme nicht. Mein Verstand sagte mir manchmal schon, ich solle mir Hilfe holen, aber ich war nicht in der Lage dazu. Immer weniger konnte ich wahrnehmen, was um mich herum geschah, bis eines Tages meine Mutter einen Arzt einschaltete. Dieser diagnostizierte eine schwere Leberzirrhose. Der Alkohol war scheinbar doch zu viel. Aber das hinderte mich nicht daran, weiter zu trinken. Die Flaschen um meinen Fernsehsessel deckte ich immer wieder mit einer Wolldecke ab, ehe ich die nächste Schicht Flaschen dort ablud.

Wusste ich eigentlich noch, was ich tat? Oder geschah all das unbewusst? War es die Erkrankung? Ich wusste nicht wirklich, wie schlimm es um mich stand. Der Arzt sprach oft mit meiner Mutter und meiner älteren Schwester, da ich viele Dinge nicht mehr verstand. Ich realisierte das alles nicht mehr.

Im Laufe der nächsten Monate nahm ich meine Arzttermine mithilfe meiner Schwester regelmäßig wahr. Mein Gewicht reduzierte sich weiter und wenn ich in den Spiegel sah, sah ich nur ein knöchernes Gesicht. Handgelenke, die so dünn waren, dass man mit der anderen Hand darum greifen konnte. Ich wurde so schwach, dass mich der Arzt eines Tages in die Klinik einwies. Dort lag ich nun in diesem Bett, ich konnte zwar noch aufstehen, fühlte mich aber sehr schwach. Meine Mutter telefonierte wohl mit meiner Tochter, denn diese stand eines Tages in der Tür des Krankenzimmers. Ich freute mich sehr über diesen Besuch. Ich wollte mit ihr ein paar Schritte gehen und das taten wir dann auch. Natürlich gingen wir nur auf den Gang und setzten uns dann in eine kleine Sitzgruppe auf dem Flur des Krankenhauses. Meine Schwester war auch dabei. Ich erinnere mich, als wir dieses Foto machen ließen von uns beiden. Es wird eine Erinnerung sein für meine Tochter. Da bin ich mir sicher. Denn insgeheim wusste ich, dass ich dieses Krankenhaus nicht mehr verlassen werde. Nach einem tollen Gespräch gingen wir wieder zurück in das Zimmer. Ich fühlte mich traurig und bat meine Tochter zu gehen, obwohl ich wusste, sie ist extra 250 Kilometer weit gefahren um mich zu sehen. Ich blickte aus dem großen Fenster des Zimmers und meine Tochter stand neben mir. Aber ich konnte sie nicht mehr ansehen. Mir liefen die Tränen übers Gesicht und da ich nicht mehr reagierte, verließ meine Tochter das Zimmer. Es waren nur noch Tage, ich konnte mittlerweile nicht mehr aufstehen, hatte keine Kraft mehr, keine Energie mehr. Meine Schwester war täglich bei mir und kümmerte sich um mich. Der Tag war gekommen, ich schloss meine Augen und fiel in einen schlafähnlichen Zustand. Erneut rief meine Schwester bei meiner Tochter an, und diese machte sich sofort wieder auf den Weg, um mich zu sehen. Durch meinen Zustand konnte ich sie nicht sehen, aber ich konnte wahrnehmen, dass sie da war. Es war, als ob ich ihre Stimme hören konnte. Es tat gut, dass sie da war. Aber ich will nicht gehen, ohne das mein Sohn bei mir war. Ich werde solange noch durchhalten. Meine Tochter rief ihn an und bat ihn zu kommen. Ich konnte die Worte wahrnehmen: »Er kann nicht sterben, er wartet darauf, bis du kommst«. Ich konnte spüren, wie sich meine Tochter von mir verabschiedete und mit Tränen in den Augen die Klinik verließ. Am kommenden Tag spürte ich die Anwesenheit meines Sohnes. Ich konnte die liebsten Menschen um mich spüren, das ist das Zeichen für mich zu gehen. Ich wartete noch, bis mein Sohn gegangen war, bis meine Schwester ging und schloss meine Augen für immer in der darauffolgenden Nacht.

Es ist ein friedliches Gefühl und ich bin dankbar um mein Leben, das ich leben durfte, auch wenn es nicht einfach war und ich immer um meine verlorene Familie trauerte. Aber ich bin dankbar.

In Gedenken an meinen Vater.

© Nicole Franziska Horn

41

Frohsinn

Ich lache gern und lache viel,
wenn auch das Leben ist kein Spiel.
Doch wenn der Kopf nach unten hängt,
ist der Humor stets eingeschränkt.

Seh ich die Kinder toben, springen,
will ich mit Freude auch einstimmen.
Selbst über mich muss ich oft schmunzeln,
denn Falten gibts vom Stirne runzeln.

Hat mich auch oft ein Schmerz gewurmt,
schnell hab ich wieder rumgeturnt,
vor Freude das ich wieder fit
und andre Menschen lachten mit.

Brauch keine Pillen, keine Spritze,
das Beste waren coole Witze.
So mach ich weiter froh und munter,
kein Schmerz und Weh zieht mich herunter.

© Rosa Rike Bosbach

Die Reise des kleinen Glücks

Etwas ungemütlich bläst der Wind durch die Straßen und die Menschen gehen eingemummt ihre Wege entlang. So auch das kleine Glück. Es spaziert und schlendert an all den Menschen vorbei, die ihre Augen weder nach rechts noch nach links bewegen. So fällt das kleine Glück nicht auf und macht sich auf die Suche nach jemandem, der ein bisschen Glück gebrauchen kann.

Nach einiger Zeit kommt dem kleinen Glück eine alte Frau entgegen. Mit ihrem grauen Haar und in gebückter Haltung kommt sie Schritt für Schritt näher, und es ist zu erkennen, dass die Dame sehr traurig aussieht. Als die beiden sich begegnen, sprach das kleine Glück: »Guten Tag, die Dame, ich bin das Glück und möchte Ihnen eine Freude machen.« Die Lady erhob ihren Kopf und ihre traurigen Augen blickten zu dem kleinen Glück. »Ich schenke Ihnen ein Lächeln, damit ihre Traurigkeit verschwindet.« Kaum ausgesprochen, beginnen sich die Gesichtszüge der alten Dame zu verändern und sie hatte ein kleines Lächeln in ihrem Gesicht. Zufrieden mit sich macht sich das kleine Glück weiter auf seiner Reise.

Der Wind hat etwas nachgelassen und das Wetter scheint sich etwas zu verbessern. Plötzlich steht ein großer, stämmiger Mann mit einem schweren Rucksack vor dem kleinen Glück. Er scheint die Orientierung verloren zu haben, denn er fragte sogleich nach dem Weg.

»Was hast du so Schweres in deinem Rucksack?«, fragte das kleine Glück.

»All meine Ängste, Sorgen und schweren Erinnerungen, die ich schon so viele Jahre mit mir rumschleppe«, erwiderte der Mann. Das kleine Glück überlegte eine Weile und machte dem Mann folgendes Angebot.

»Lieber Mann, ich bin das kleine Glück und nehme dir deinen schweren Rucksack ab. Ich werde auf ihn achten, als wäre es mein eigener. Du gehst entspannt weiter und lässt die Last hier bei mir. So wird dein Weg leichter und du hast die Möglichkeit neue Erfahrungen zu sammeln.« Der Mann freut sich sehr über diese Tatsache und bedankt sich beim kleinen Glück.

Weiter auf der Reise durchdringt ein leises Wimmern die mittlerweile angebrochene Nacht. Ein kleines Mädchen sitzt weinend am Straßenrand, die Hände um die Knie gelegt, versucht es, immer wieder nach den Eltern zu rufen.

»Ich habe meine Eltern verloren und bin so alleine.« Das kleine Glück fasst dem Mädchen an die Schulter und stellt sich vor. Dem Kind fällt ein Stein vom Herzen, da es nun nicht mehr alleine war. Gemeinsam Hand in Hand gehen die beiden die Straße entlang, ohne anzuhalten, als das Kind plötzlich ruft: »Mama!« Die Eltern, die ihre Tochter beim Spaziergang verloren hatten, sind dem kleinen Glück so unendlich dankbar, dass es sich der Tochter angenommen hat.

Es ist schon späte Nacht geworden und das kleine Glück ist noch immer unterwegs. Die Nacht ist kalt geworden, aber das hindert das kleine Glück nicht daran weiterzugehen. Bis es auf diesen Mann trifft, der sehr griesgrämig am kleinen Glück vorbei lief.

»Warte mal«, schreit das kleine Glück hinterher.

»Was willst du? Lass mich in Ruhe!«, erwidert der Mann, und geht einfach weiter.

»Aber ich bin es doch, dein Glück.« Das scheint den Herren jedoch nicht zu interessieren, denn er geht einfach weiter und sieht dabei nur auf den Boden.

Das kleine Glück ist etwas traurig, doch es merkt schnell, das man nicht jeden Menschen glücklich machen kann. Manche scheinen so gefangen in ihren Gefühlen, das sie nichts wahrnehmen können, was um sie herum geschieht. Aber dennoch ist das kleine Glück sehr zufrieden auf seiner heutigen Reise, denn es hat einige

Menschen glücklich gemacht und ihnen ein Lächeln ins Gesicht gezaubert. Das sind die Momente, die das kleine Glück strahlen lassen. Für heute beendet es seine Reise und ruht sich entspannt aus bis morgen, wenn die Reise des kleinen Glücks weitergeht.

© Nicole Franziska Horn

Selbstschutz

Kann die Seele immer leisten,
was von ihr wird verlangt?
Darf sie sich nicht hingeben
des Gefühls, das sie bangt?

Sind es nicht menschliche Emotionen,
die uns lassen weilen,
auch das Annehmen und Verarbeiten
kann mildern akute Leiden.
Dem Strom des Alltags zu entfliehen,
Träumen und Schweigen,
auch das gehört zum Genießen.

Uns selbst mit Achtung zu begegnen,
obgleich wir getrieben werden
von den Aufgaben,
die sich uns stellen auf unseren Wegen,
zeichnet die Liebe für uns aus,
Respekt vor dem eigenen Ich,
zum Selbstschutz umgeben
eigene Handlungen entstehen daraus.

© Manipura Dantian

Die Macht

Du siehst sie vor dir:
Groß, wohlgeformt, mit einem sehr ansprechenden Äußeren. Ihre Haut schimmert dunkel, fast schon schwarz. Du rückst ganz dicht an sie heran, denn du willst sie natürlich näher erforschen. Ihr Duft berauscht dich, unwiderstehlich, einfach zum Anbeißen.
Jetzt kannst du nicht länger an dich halten, du kommst ihr mit deinem Mund näher und näher und wartest auf das, was nun geschieht.

Und es passiert ... dir rast es durch die Sinne:
Unglaublich, welche Macht sie doch über mich hat, diese Kleine. Und wie sehr ich sie genieße. Doch du weißt, es wird leider schon wieder in kurzer Zeit vorbei sein.
Du wiederholst dein Tun noch einige Male und nach jedem Mal macht sich in deinem Bauch ein kräftigeres Gefühl breit. Dann ist es wirklich zu Ende ..., aber du bereust es keine Sekunde!

Seufzend und mit dir und ihr zufrieden, ziehst du dich zurück und denkst erneut:
Wie mächtig sie doch ist, diese kleine süße ... Rumkugel.

© Linda Marie Haupt

Wo bist du?

So oft in meinem Leben griff ich deine Hand,
hielt sie fest und spürte deine Nähe.
Das Gefühl - so reich an Liebe,
so reich an Wärme und Geborgenheit.

Jahre verzogen ins Land,
ich spürte deinen Schmerz,
spürte die Kälte in dir.
Die Entfernung wurde größer und größer.

Mama, wo bist du?
Mama, wo ist deine Seele?
Kannst du mich noch hören?
Kannst du mich noch sehen?
Traurig stehe ich da, alleine ... keine Hand zum Greifen.

Mama, wo bist du?
Tage und Nächte verbring ich alleine,
Schreie durchdringen den dunklen Raum.
Tage werden finster durch die Einsamkeit.

Erlebe Dinge, nicht für Kinderaugen bestimmt.
Dinge, die ein Kinderherz brechen,
brechen bis in die Unendlichkeit.
Ich trete durch diese Tür noch so klein,
konnte kaum noch atmen,
mein Blut scheint zu frieren, ich bin erstarrt.

Mama, wo bist du?
Dein Körper liegt vor meinen kleinen Füßen.
Mama, wo bist du?
In deinem erstarrten Gesicht seh ich den Schmerz.
Mama, bist du tot?

Ich begreife nicht, was passiert.
Zuviel für meine kleine Kinderseele,
das ertrag ich nicht!

Weg mit all dem, was ich sehe,
leben kann ich damit nicht.
Mama, wo bist du?
Warum willst du mich verlassen?
Mama, wo bist du jetzt?
Warum willst du nicht bei mir bleiben?
Warum bist du nicht bei mir?
Ich brauche dich
Mama, ich liebe dich!

Jahr für Jahr lebte ich mit dieser Schuld,
hab ich etwas falsch gemacht?
Hab ich dich zu sehr verletzt?
Hab ich dich enttäuscht als Tochter?
Jahr für Jahr versuchte ich, Antworten zu finden.

Ich bin erwachsen nun.
Ich bin Mutter und ich kenne die Liebe.
Jahr um Jahr nehme ich bewusst wahr,
versuche die Vergangenheit loszulassen.
Sehe sie wie einen Luftballon in den Himmel steigen.
Ich sehe dich vor mir,
ich ganz klein und du ganz groß,
deine Hand in meiner Hand
und ich fühle die Liebe.

Doch es tut so weh,
verlorene Kindheit,
verlorene Liebe,
verlorene Mutter?

Du warst zu verletzt als FRAU,
um als Mutter zu handeln.
Mama, ich verstehe dich!
Den Weg zu finden ist so schwer,
den Weg der Vergebung,
Weg des Verzeihens.

Mama, wo bist du?
Kannst du mir nicht helfen?
Ein kleines Zeichen,
eine kleine Geste,
nur ein einziges Mal?
Bitte hilf mir,
Mama ich liebe dich!

Auch wenn mich Hass und Wut manchmal begleiten,
wirst du immer meine Mama sein.
So, wie ich oft in meinem Leben,
hast auch du oft nur gehandelt,
funktioniert und reagiert,
deinen Schmerz verdrängt, um einfach zu leben!

ABER TROTZDEM:
Mama, wo bist du?
Warum hast du mich so oft allein gelassen?
Mama, ich liebe dich!
Kannst du das spüren
tief in deinem Herzen?

© Nicole Franziska Horn

Schmetterlingsflattern - Der erste Kuss

Lieber Burschi,

nun gehe ich mit starken Schritten auf die sechzig zu. Viele Jahre sind vergangen seit ›unserer Zeit‹. Wir waren fünfzehn Jahre alt, weißt du noch?

Plötzlich warst du da, spieltest eine Rolle in meinem Leben. Blonde Locken, blaue Augen und recht schüchtern, einfach süß. Unsere Treffen waren so harmlos und wir vollkommen unschuldig. Niemand wusste von uns. Wie gut, dass wir einen Hund hatten, einen niedlichen, schwarzen Pudel. Ich glaube, nie zuvor und auch nie mehr danach, ist er so lange und oft spazieren gewesen. So konnten wir uns in aller Ruhe treffen. Immer waren wir zu dritt, du, Sascha und ich. Eines Nachmittags führte unser Spaziergang wieder Richtung Wald. Auf der Weide vor dem Wald standen stets vier Haflinger; große, hellbraune Pferde mit hellbeigen Mähnen. Wie oft hatten wir schon versucht, auf ihnen zu reiten. Manchmal gelang es uns, die meiste Zeit jedoch nicht. An diesem Nachmittag wollten wir es nicht versuchen. Wir waren aufgeregter als sonst, wussten jedoch nicht, warum. Wir hielten uns an den Händen, mitten im Wald, und unsere Herzen klopften wie wild.

Deine Stimme war ganz heiser, als du mich plötzlich fragtest: »Schaust du auch immer ›Der Bastian‹?«

Ich fühlte, heute war etwas anders als sonst und ich konnte nur leise antworten. »Ja, sicher, immer.«

Und schon sprachst du weiter: »Hast du gesehen, wie Bastian gestern die Katharina geküsst hat?«

»Hm.« Ich nickte und glaubte, mein Herz würde stillstehen. Einen kurzen Moment fühlte es sich tatsächlich so an.

Du schautest mich an - mit deinen tollen blauen Augen. »Wollen wir auch … so richtig, meine ich?«

Nein, ich konnte nicht mehr sprechen und mein Herz rannte einen Marathon. Ein Kuss, ein echter Kuss! So sagte ich nichts und drehte mein Gesicht dem deinen zu. Du nahmst mich vorsichtig in den Arm. Ich schloss die Augen. Da berührtest du mit deinen Lippen ganz zaghaft die meinen und nur für einen Sekundenbruchteil fühlte ich deine Zunge zwischen meinen Zähnen. Unser allererster Kuss! Ich werde es nie vergessen, dieses Gefühl. Ein magischer Moment. Eine Mischung von Verlegenheit, Schmetterlingen im Bauch, einer Leere im Kopf und einem süßen Gefühl in meinem Herzen. Wir waren beide so verlegen, weißt du noch? Dein Gesicht war gerötet und deine Augen schauten mich so besonders an. Wir sprachen nicht, gingen, uns fest an den Händen haltend den Weg zurück. Das war der Tag, an dem ich mich in dich verliebte. Der Tag meines ersten Kusses! Er war so harmlos, aus heutiger Sicht, aber ich werde ihn niemals vergessen.

Ich würde so gerne wissen, denkst auch du manchmal noch daran?

Von Herzen liebe Grüße an dich, dem ich meine ersten Herzensschmetterlinge verdanke.

© Linda Marie Haupt

Krieg der Gefühle

Ich stehe am Rande des Abgrunds.
Meine Augen fixieren den Punkt in der Tiefe.
Ich stehe gerade mit erhobenem Kopf.
Die Stärke hat gesiegt, meine Stärke.

Ich schließe die Augen,
erhebe die Arme zum Himmel
und fühle die Freiheit in mir.

Ich atme und spüre den Frieden in mir.
Den Frieden in meinem Herzen
Ich hole mir die Kraft des Himmels.

Meine Gefühle führten Krieg,
es war ein Schlachtfeld der Gefühle.
Die Gedanken - der Verstand - der Körper - die Seele
haben sich immer wieder verletzt und bekämpft.

Es ist vorbei!
Mein Krieg ist vorbei!
Die Bilder ziehen vorbei.
Der innere Frieden breitet sich aus.

Ich sehe auf das Schlachtfeld meiner Gefühle
und frage mich: WARUM?
Aber die Antwort ist nicht mehr wichtig.
Es ist vorbei!
Mein Krieg ist vorbei!

Ich öffne die Augen,
der Abgrund vor mir,
meine Seele schreit auf,
ich übergebe meine Vergangenheit dem Abgrund.

Alles ist vorbei,
ich bin frei,
der Frieden kehrt ein,
ich habe gesiegt.
Der innere Krieg ist vorbei!

© Nicole Franziska Horn

Trauminsel

Es gibt eine Insel in meinen Träumen,
es ist die Insel des Friedens.
Manchmal begebe ich mich auf die Reise zu ihr.
Die Sehnsucht treibt mich an,
die Sehnsucht nach Ruhe, Geborgenheit und Frieden.
Mein Herz springt vor Freude,
ich spüre seinen rhythmischen Schlag,
es ist mit mir im Einklang.
Meine Insel wartet auf mich,
an ihrem Ufer werfe ich den Anker aus
und darf ankommen.

Hier bin ich zu Hause, hier darf ich sein.
Nichts und niemand kann mich nunmehr erreichen.
Keiner wird mich hier verletzen können.
Auch stellt auf meiner Trauminsel
niemand eine Erwartung an mich.
Nun höre ich das leise Rauschen der Wellen,
es klingt wie Musik in meinen Ohren.
Ich spüre den lauen Wind auf meiner Haut
und den warmen Sand unter meinen Füßen.
Tränen rinnen mir übers Gesicht,
weil Zufriedenheit und Glück mein Herz erreichen.

Nun erhebe ich den Blick in den Himmel
und mir ist, als höre ich eine Stimme sagen:
»Lass dich fallen, mein Kind, du bist angekommen.«
Dann werde ich demütig und ganz ruhig.
Ach, wie ich sie liebe, meine kleine
Insel in meinen Träumen.

© Rosa Rike Bosbach

Tierisches Teamwork vs.
Einzelkämpfer Mensch

Es gibt Momente im Leben, in denen sich der Mensch wünscht, irgendjemand würden ihn als megadumm bezeichnen, nur um einen gleichwertigen Kampf führen zu können ... aber gegen die Macht der Natur kommt der Mensch nicht an.

Da stehe, knie, sitze ich den ganzen Tag in meinem Garten, fülle Balkonkästen mit Rindenmulch und Erde, verteile verschiedene Kräuter- und Blumensaaten, beschrifte alles ordentlich, befeuchte die Erde und setze die Kästen in ein Beet ein. Voller Stolz betrachte ich das vollendete Werk. Nun kann alles sprießen und gedeihen, war mein letzter Gedanke an dem Abend.

Am nächsten Morgen eile ich zu dem Beet, bewaffnet mit warmen, abgestandenen Wasser in einer Gießkanne und glaube, noch zu träumen. Alle Pflanzkästen, die ich einen Tag vorher so sorgfältig vorbereitet, um im Sommer selbst gezogene Kräuter verwenden zu können, mich an der bunten Pracht der Blumen erfreuen zu dürfen, sind vernichtet. Die Erde komplett zerwühlt und zum großen Teil daneben. Wut bäumt sich auf, ich bin kurz davor, in Tränen auszubrechen, als eine dicke, fette Schwarzdrossel, auch Amsel genannt, mit hocherhobenen Köpfchen an mir vorbei hüpft, direkt in einen meiner doch so liebevoll angefertigten Kästen. Unbeeindruckt von meiner Statur pickt sie in der Erde rum, zieht Rindenmulchstücken heraus und wirft sie mir direkt vor die Füße.

»Ey, das ist mein Beet, ihr habt hier genug Grünecken, du kleines Biest«, ignoriert sie einfach und wühlt sich weiter durch die Erde wie ein wildgewordener Maulwurf.

Da ich ungemein tierlieb bin, sogar fünf Futterplätze mit Sommerfutter und unzählige Wasserstellen für Vögel und Eichhörnchen eingerichtet habe, verfliegt meine Wut recht schnell und ich nehme das Kampfangebot an.

Schleunigst werden die Kästen alle wieder neu befüllt mit Mulch und Erde, neue Saat eingesetzt, bewässert und diesmal ein Gitter darüber gespannt. Eigentlich waren die Gitter für die Dachrinnen gedacht, nun werden sie umgewandelt für meine Kräuterkästen.

Den ganzen Tag hocke ich auf der Terrasse und beobachte die Vögel, immer mit einem Auge meine Pflanzkästen bewachend. Ich sehe mich am Abend schon als Sieger in diesem doch so ungleichen Krieg.

Da ich in der Nacht früh aufgewacht bin und die Temperaturen sehr angenehm sind, setze ich mich wieder hinaus auf meine Terrasse. Der Schreck kommt im Morgengrauen in Form eines rotgefärbten Vierbeiners mit dicken, buschigen Schwanz. Ich sitze ganz still und beobachte nur. Und das Vieh, was macht das? Genau ... geht schnurstracks zu meinen Kästen, keckert laut und zerrt die Gitter herunter, wühlt einmal kurz in der Erde, frisst meine Sämereien und verschwindet wieder. Mein Blick geht zum Eichhörnchenhaus, aus dem das Futter nur so hervorquellt und von diesem ach so putzigen Vierbeiner verschmäht wird.

Von dem Keckern des Eichhörnchens werden auch die Vögel angelockt. Die großen Samen holen sich die Elstern, die kleineren werden Opfer von unzähligen Meisen und genau zwei Spatzen. Kurz darauf erscheinen dann auch Drosseln und Amseln. Alle zanken sich um die angekeimten Sämereien. Erde und Mulch fliegt im hohen Bogen durch die Luft auf den Boden. Dort sitzen dann junge Vögel, in der leichten Morgenröte kann ich erkennen, dass es junge Meisen sind, die ebenfalls in die Erde picken und sich die Bäuche vollschlagen. In dem hohen Baum sitzt der Buntspecht, beobachtet mich und passt auf die kleineren Vögel auf. Eine falsche

Handbewegung von mir reicht aus und er schreit laut auf. An Aufstehen ist nicht zu denken. Egal, was ich zu den Vögeln sage, es stört sie nicht, sie fressen ganz normal weiter, als wenn ich gar nicht da wäre.

Somit habe ich meine Versuche, Grünzeug zu ziehen, eingestellt und lege jeden Tag kleinkörnige Sämereien in Wasser ein, stelle sie in die Sonne, damit sie bis zum nächsten Morgen vorgekeimt sind und für die jungen Vögel genießbarer. Aber auch getrocknete Mehlwürmer weiche ich ein und stelle diese vor die Beete.

Meine Wut über die zerstörten Pflanzkästen ist komplett verraucht, viel mehr erfüllt mich die Freude, die mich erfasst, wenn ich die Vögel dort spielen und fressen sehe.

Die unbeholfenen Flugversuche der Jungvögel, die so gar keine Angst vor mir haben und mir frech in die Finger picken, wenn ich in ihrer direkten Nähe bin. Mehrmals am Tag muss ich ein paar von den Kleinen wieder in den Baum setzen, in dem ihr Nest ist, weil sie sich total verausgabt haben. Die Eltern beobachten es nur und nehmen ihre Jungen mit Gezeter wieder in Empfang. Dabei haben selbst die keine Angst vor mir oder meinem Mann und kommen auf den Tisch, wenn wir dort essen oder einfach nur sitzen. Den einzigen Kampf, den ich immer gegen die Vögel gewinne, ist um das Brot oder schädliche Sachen. Denn schaden will ich denen ja nicht. Der Krieg mit dem Eichhörnchen endet meist damit, das ich als Mensch den Kürzeren ziehe und schon so manche Scheibe Brot, bevorzugt Vollkorn-Knäckebrot, mit Quark verloren habe. Gegen schwarzen Kaffee hat es auch nichts, aber den gebe ich nicht her. ;)

© Bibi Rend

Die menschlichen Gefühle

Die Gefühle machen uns menschlich,
sie sind immer da
und werden von unseren Gedanken erschaffen.
Häufig in unserem Leben
stürzen wir mit unseren Gefühlen
schwer in die Tiefe.

Traurigkeit, Hoffnungslosigkeit
sind nur zwei der Gefühle,
die uns Menschen
an den Abgrund bringen
und unsere Seele weinen lassen.

Verbittert und voller Ruhelosigkeit
geben wir uns den Gefühlen hin
und denken gleichzeitig,
dass es vielleicht nie wieder besser werden wird.

Doch das Leben zeigt uns
viele seiner Facetten.
So richten wir uns wieder auf
und begegnen dem Leben
erneut mit viel Mut, Kraft und Stärke.

Oft können wir unsere Gefühle
nur schwer benennen.
Sie sind einfach da
und wirken auf unser Sein.

Mit viel Achtsamkeit
uns gegenüber,
sollen wir Menschen lernen,
unsere Gefühle in Worte zu fassen.

Denn nur dann ist es uns möglich
zu definieren,
ob wir Freude und Zufriedenheit spüren
oder eher Traurigkeit und Missgunst.

Wir Menschen leben unsere Gefühle,
egal wie diese gerade aussehen.

Jedoch soll uns klar sein,
das wir durch positive Gedankenmuster
und treuevollen Worten in unserem Bewusstsein,
unsere Gefühle positiv beeinflussen können.

Wir sind es uns und unserem Leben schuldig,
glücklich zu sein,
vertrauen zu können,
und das grenzenlos.

Jedoch gehört jedes Gefühl
zu uns Menschen,
denn Gefühle machen uns menschlich.

© Nicole Franziska Horn

Nächtliches Geheimnis

Nachts wenn alles schläft, zieht es mich zu dir,
denn die Dunkelheit bietet mir den Schutz,
den ich brauche, um bei dir und mit dir,
allein sein zu können.

Es muss niemand wissen, wo es mich hinzieht,
wenn die Nacht anbricht.
Noch immer habe ich es nicht geschafft,
dich gehen zu lassen.

Niemand weiß, wie sehr ich leide,
niemand sieht mich im Tageslicht weinen.
Nur du und ich in der Nacht, wenn die Sterne leuchten
und der helle Mond mir den Weg weist.

Nur diese beiden teilen unser nächtliches Geheimnis.
Ich bringe dir Blumen und
lege sie auf die kalte Erde.

Ich küsse ein Foto, das auf einem Kreuz
dein liebevolles Gesicht zeigt.
In der Nacht ist hier Frieden und Stille
und wir sind uns unendlich nah.

Ich sage dir, dass ich dich vermisse,
sage dir, dass ich dich liebe und brauche.
Aber das Himmelreich hat dich mir
viel zu früh genommen.

Auch, wenn es nach langer Zeit immer noch
unwirklich ist, so weiß ich dennoch,
dass es dir, da wo nun deine Seele ruht,
besser geht als hier auf Erden.

Nun werde ich wieder gehen,
mit einem erleichterten Blick schaue ich
mich noch einmal um und flüster:
»Bis bald, mein Schatz,
wenn mich die Sehnsucht packt,
werde ich wieder kommen bei Nacht
und irgendwann sind wir wieder vereint.«

© Rosa Rike Bosbach

Überstunden für die Schutzengel

Es ist Sonntagmittag, wir sind zum Geburtstagskaffee eingeladen und auf dem Wege dorthin. Es ist nicht weit, nur fünfunddreißig Kilometer und die meiste Zeit auf der Autobahn.

Die stressige Woche steckt uns noch in den Knochen und wir sind eigentlich viel zu müde, um zu feiern, dennoch haben wir uns überwunden, weil wir niemanden enttäuschen wollten.

Die meiste Zeit sind wir still und hängen unseren Gedanken nach. Plötzlich wird mein Blick auf einen silbergrauen SUV auf der rechts neben uns liegenden Autobahn gezogen. Mir scheint, als wenn dort ein Warnschild drüber schwebt, reflexartig nehme ich meinen Fuß vom Gaspedal, setze ihn auf das Bremspedal und ticke es leicht an.

Nur ein paar Stundenkilometer langsamer nähern wir uns diesem SUV, der von der anderen Autobahn auf unsere ziehen will. Da geschieht es auch schon, der Fahrer achtet nicht auf den Verkehr und wechselt einfach die Fahrbahn. Ein links neben ihm fahrender VW weicht ruckartig nach links aus. Der Fahrer des folgenden Wagens hat wohl auch damit gerechnet und bremst bereits, macht Platz für den VW. Der Fahrer von dem SUV zieht wieder nach rechts und reißt gerade rechtzeitig das Lenkrad wieder zurück. Ansonsten wäre er wohl durch die Leitplanke in das angrenzende Waldgebiet geschossen. Dem VW-Fahrer kann man den Schrecken anmerken, sehr langsam rollt er über die Fahrbahn, die nächste Abfahrt ist seine.

Unsere Gedanken überschlagen sich und erst etliche Kilometer weiter wird uns bewusst: DAS war knapp. Danke, liebe Schutzengel, dass ihr so gut auf uns aufpasst.

Der Nachmittag verläuft ruhig, obwohl unsere Gedanken immer wieder zu dem Vorfall wandern und wir dankbar sind, dass es uns nicht erwischt hat. Das da jemand auf uns aufgepasst hat.

Am späten Nachmittag brechen wir wieder auf, fahren eine andere Strecke. Wir wollen nicht wieder an dem Punkt vorbeikommen. Schicksal? Keine Ahnung.

Wir kennen die Strecke nicht, fahren langsamer als vorgeschrieben, um ja nicht ein Hinweisschild zu übersehen. Endlich kommt die Autobahn gen Heimat. Frohen Mutes und tief im Gespräch versunken rollen wir die Auffahrt herunter, als wir es schon sehen: überall Bremslichter und Warnblinkanlagen. Wir beschleunigen nicht, rollen langsam darauf zu, sehen, wie viele Autofahrer auf die linke Fahrbahn ziehen und ausweichen.

Dann taucht ein Wagen vor uns auf, der auf dem Dach liegt, Männer zerren an den Türen, treten auf die Kofferraumklappe ein. Unser erster Gedanke: Danke, Schutzengel, dass du auch am Sonntag auf uns aufpasst. Mein Mann will nicht, dass ich aussteige, aber mein Gefühl leitet mich. Was ist, wenn eine Frau oder Kinder in dem Fahrzeug sind, die im Schock Angst haben vor den Männern, die am Fahrzeug zerren? Was ist, wenn da jemand schwer verletzt drin liegt? Die Angst ist gewichen, ich funktioniere nur noch. Auf den nachfolgenden Verkehr achten, zu dem Unfallauto laufen. Fragen, ob die Rettung schon benachrichtigt wurde. Mich vergewissern, ob und welche Personenzahl im Fahrzeug ist, verletzt, ansprechbar.

Ein junger Mann krabbelt aus der bereits geöffneten Heckklappe, seine Taschen liegen auf der Fahrbahn. Er ist ansprechbar, kann spontan Fragen beantworten, weist keine sichtbaren Verletzungen auf, sein Blick ist klar. Es gibt keine weiteren Insassen.

Wut ergreift mich, als ich sehe, wie die Frauen der helfenden Männer im Auto sitzen und per Smartphone Fotos machen und filmen. Auf erneute Nachfrage, ob jemand die Rettung benachrichtigt hat, springt eine junge Frau aus dem Fahrzeug, ruft mir zu, dass sie die Rettung holt. Die ersten Rettungskräfte sind nur Sekunden später durch Zufall da, übernehmen die Unfallstelle, sperren zwei Fahrspuren ab. Da ich nichts weiter tun kann, verlasse ich zügig die Unfallstelle, setze mich in den Wagen und fahre los.

Mechanisch erzähle ich alles meinem Mann, was ich erfahren habe. Der junge Mann wurde abgedrängt, ein anderer Fahrer hat sich die Vorfahrt erzwungen, als er auf die Autobahn fuhr.

Gedanken schießen uns durch den Kopf: Wenn wir uns an die Höchstgeschwindigkeit gehalten hätten, wären wir in den Unfall verwickelt worden und nicht darauf zugekommen. Danke, liebe Schutzengel, dass ihr so gut auf uns aufpasst.

Zwanzig Minuten später verlassen wir die Autobahn. Der Unfall war die ganze Zeit Gesprächsthema. Wir verarbeiten den Anblick, sind in heimatlichen Gefilden und freuen uns schon auf unser Zuhause. Auf der Landstraße zu unserem Wohnort kommt uns plötzlich ein Wagen auf unserer Spur entgegen. Der Fahrer überholt ein anderes Fahrzeug.

Bremsen, runterschalten, Blick auf den Tacho und auf die Anzeige für Licht – alles geschieht reflexartig. Der PKW schert kurz vor uns wieder ein. Der andere Fahrer hat auch geistesgegenwärtig stark abgebremst, damit der ›Idiot‹ wieder einscheren kann.

Unsere Herzen rasen, wir haben das Gefühl, unsere Knochen zittern und wieder taucht der Gedanke auf: Danke, liebe Schutzengel, dass ihr so gut auf uns aufpasst. Zu jeder Tages- und Nachtzeit seid ihr für uns da und wacht über unser Leben.

Nachdem wir zu Hause angekommen sind, unsere Wohlfühlklamotten auf der Haut spüren, wird uns erst richtig bewusst, welch eine Leistung unsere Schutzengel Tag für Tag, Nacht für Nacht, Woche für Woche, Monat für Monat, Jahr für Jahr für uns erbringen.

Sie kennen kein Feierabend, sie kennen keinen Feiertag, kein Wochenende – sie sind einfach da. Unsichtbar, geräuschlos und trotzdem immer bei uns.

Danke, liebe Schutzengel.

© Bibi Rend

Ich bin der Held

Einst habe ich gekämpft,
hab Gefühle und Gedanken ertragen,
die mir mehr schadeten,
als sie mir geholfen haben.

Ich bin der Held
in meinem eigenen Leben,
denn ich habe meine Vergangenheit besiegt.

Achtsam bin ich geworden,
habe meine Gefühle angenommen
und die Gedanken fließen lassen.

Ich bin der Held
in meinem eigenen Leben,
denn ich habe Menschen verziehen,
die mir Böses angetan haben.
Sie können mich nun nicht mehr schwächen.

Ich bin der Held
in meinem eigenen Leben,
denn ich hatte Träume,
Träume, die ich mir erfüllte,
weil ich daran geglaubt habe.

Ich bin der Held
in meinem eigenen Leben,
weil mich das Fallen
immer stärker gemacht hat.
Ich bin niemals endgültig eingeknickt,
immer wieder habe ich
den Weg nach oben gefunden.

Ich bin der Held
in meinem eigenen Leben,
weil ich mich akzeptiere, wie ich bin,
Ich bin Ich
und werde niemals jemand anderes sein.
Ich bin ein Held!

© Nicole Franziska Horn

Über die Autoren

Mein Name ist Ulrike **Rosa Bosbach**, ich bin 1949 in Solingen als drittes Mädchen meiner Eltern zur Welt gekommen. Zwei Jahre nach meiner Geburt wurde mein geliebter Bruder geboren. Die Kindheit, und überhaupt mein ganzes Leben habe ich in meiner Geburtsstadt Solingen verbracht. Später habe ich (leider viel zu früh), geheiratet und wurde selber Mama einer zauberhaften kleinen Tochter, die mir ein genauso zauberhaftes Enkelkind geschenkt hat.

Einige Jahre später habe ich mich, mehr oder weniger erfolgreich, auch wieder ins Berufsleben gestürzt. Bis ich 1998 an Brustkrebs erkrankte, und das hat mein Leben schon sehr verändert.

Irgendwann im Jahr 2013 entdeckte ich die Liebe zum Schreiben, und ich begann, meine ersten Gedichte zu schreiben. Aus der Liebe wurde Leidenschaft und nach zwei weiteren Jahren erschien mein erstes Buch, und nach einem weiteren Jahr mein zweiter Gedichtband.

Das Schreiben hat mein Denken und Fühlen in eine neue Richtung gelenkt und ihm einen besonderen Sinn gegeben. Ich bin Autorin mit Leib und Seele. Für unsere Tageszeitung schreibe ich hin und wieder einige Gedichte in Mundart.

Linda Marie Haupt wurde im Mai 1959 in Remscheid geboren. Die ehemalige Pflegedienstleiterin ist verheiratet und hat zwei erwachsene Kinder.

Schon seit ihrer Kindheit liebt sie das Lesen, mit dem Schreiben begann sie jedoch erst vor drei Jahren, seit sie auf der Insel Mallorca lebt. Hier setzt sie sich auch privat im

Tierschutz ein. Sie schreibt unter dem Pseudonym Linda Marie Haupt, das eine Hommage an ihre sehr früh verstorbene Mutter ist.

Bisher veröffentlichte sie in sechzehn Anthologien ihre Gedichte und Kurzgeschichten, weitere erscheinen in diesem Jahr.

Ich heiße **Nicole Franziska Horn** und kam am 08. Februar 1973 als Erstgeborene von zwei Kindern in Würzburg zur Welt. Meine Kindheit war von schweren Schicksalsschlägen geprägt.

Mit achtzehn Jahren lernte ich meinen Mann kennen, bin seitdem glücklich verheiratet und mittlerweile Mutter von zwei wundervollen Söhnen. Seit nun zwanzig Jahren arbeite ich als Heilerziehungspflegerin in einer Wohngruppe für Menschen mit geistigen und psychischen Erkrankungen, was mir großen Spaß macht.

Bereits im Teenager-Alter habe ich immer wieder Gedichte geschrieben und so meine Gefühle zum Ausdruck gebracht. Jedoch erst im Jahre 2006, nach einem schweren psychischen Zusammenbruch, integrierte sich die Schreiberei so wirklich in mein Leben, und ich hielt meine Gedanken und Gefühle in Form von Gedichten und Texten fest. Ich wählte für meine Veröffentlichungen das Pseudonym Franziska Neidt.

Nachdem ich, **Bianka Mertes**, vor nunmehr 48 Jahren am 25.11.1968, in Unkel am Rhein das Licht der Welt erblickte, verbrachte ich meine Kindheit in Rheinbrohl und Bad Hönningen.

Schon in der Schule wurde mir schnell klar, dass ich gerne Geschichten erfinde, und brachte diese auch irgendwann zu Papier. Mein erstes Buch jedoch habe ich für mein erstes Kind geschrieben.

Jetzt lebe ich glücklich mit meinem Mann und unseren drei Mädels in einem kleinen Ort im Westerwald. Hier, inmitten der Natur, schreibe ich und kümmere mich um Haus und Hof.

Neben dem Schreiben habe ich auch noch weitere Hobbys, wie zeichnen, malen, lesen und airbrushen.

Der größte Traum in meinem Leben ist es, meine Familie und meine Leser glücklich zu machen.

Mein Name ist **Wolfgang Görs**, und ich wurde 1961 in Greifswald am Bodden geboren. Im Alter von ca. 12 Jahren entdeckte ich mein Talent für Reime, womit ich meine Freunde damals ganz schön genervt habe. Später fing ich an zu schreiben, um besagte Reime zu Papier zu bringen - behielt das aber für mich, denn es war mir damals noch irgendwie peinlich.

Ich lebte in der damaligen DDR und aufgrund eines Ausreiseantrages hatte ich nicht die geringste Chance, das zu werden, was ich mir immer erträumte: Schriftsteller. So schrieb ich zwar eine ganze Menge an Kindergeschichten, Liedtexten und Gedichten - welche ich meinen Kollegen und Bekannten hin und wieder zu lesen gab - der breiteren Öffentlichkeit behielt ich meine Werke jedoch vor.

Mit den Jahren verlor ich, durch private Umstände, leider alles was ich je geschrieben hatte. Erst 1995 fasste ich dann den Mut, erneut mit dem Schreiben zu beginnen und wollte so meinen Gefühlen, meinen Erlebnissen und Träumen wieder einen Raum geben. Mittlerweile bin ich 54 Jahre alt, führe eine langjährige Beziehung, bin Vater von 7 Kindern und Großvater von 4 Enkeln. Meine Familie und ich leben in Berlin.

Anfangs sollte es ein Hobby sein, ein Ausgleich zu einem anstrengenden Beruf - dann aber machte sie mehr daraus. Ihr Pseudonym **Bibi Rend** hat eine Geschichte. Es ist ein Andenken an ihre verstorbene Großmutter.

Geboren und aufgewachsen in dem schönen Fuhrberg verschlug es sie für einige Jahre in die Nachbarstadt Burgdorf. Dort lebte die Mittvierzigerin mit ihrem Mann und ihrer doch recht eigensinnigen Katze rund zehn Jahre. Ihr Herz zog sie zurück in ihr Geburtshaus, in dem sie jetzt mit ihrem Mann und ihrer Katze lebt.

Ihren Brotjob gab sie auf und machte sich selbstständig. Heute kümmert sie sich mit Herz und Verstand um die Werke ihrer Kollegen.

Manipura Dantian wurde im Spätherbst 1971 in Khanh Hung heute Soc Trang, Provinz Soc Trang, während des Vietnamkriegs geboren und konnte im Mai 1972 von ihren Eltern mit Unterstützung der Hilfsorganisation Terre des Hommes nach Deutschland adoptiert werden.

Nach dem Abschluss der Hochschulreife, der Ausbildung zur Bankkauffrau und Psychologischen Beraterin (VFP) arbeitete sie im Finanzdienstleistungsbereich. Im Oktober 2002 eröffnete sie ihre eigene Beratungspraxis. Nebenberuflich arbeitet sie als leidenschaftliche Dichterin und Autorin, die aufgrund Eigen- und Fremderfahrungen aus Gedichten und Fotografien lebensnahe, teils ganzheitliche und motivierende Seelenpoesien, Kurzgeschichten und Romane verschiedener Genre entstehen lässt, in denen sich die Seele des Menschen widerspiegelt.

Sunny Claire wurde in Stralsund geboren und lebt in Sachsen, wo sie ihre Freude an der Literatur als Leiterin des Zirkels Schreibender mit anderen teilt. Schon früh in der Kindheit lernte sie, Träume zum Fliegen zu bringen. Mit humorvollen Storys im Gepäck reist die Romantikerin mit ihren abenteuerlustigen Helden zu Lesungen. Auf den Schienen des Landes entstehen ihre Gedichte, Kinderbücher und Reisegeschichten. Ihr Roman und auch ein Theaterstück werden bald erwartet. 2018 beendete sie ihr Studium an Hamburgs Autorenschule und wurde Mitglied im Verband Deutscher Schriftsteller. Sie liebt die Insel Rügen, töpfert, musiziert, malt Landschaftsbilder und gibt Kunstkurse für Kinder.

Über die Herausgeberin

Selbst schreibt Bianca Karwatt seit 2014 unter dem Pseudonym Bibi Rend. Im Jahr 2015 half sie im Besonderen Autoren mit einer Lese-Rechtschreib-Schwäche, aber auch denen, die Probleme mit der deutschen Sprache hatten, wodurch sie sich sehr schnell einen Namen aufbaute. Bianca Karwatt hat in der Vergangenheit schon mit einigen Verlagen zusammengearbeitet, die ihre Arbeit zu schätzen wissen.

Sie macht auch heute noch keinen Unterschied, für sie sind alles Autoren, egal mit welchem Handicap. Dadurch hat sie sehr schnell einen festen Autorenstamm erhalten, mit dem sie auch heute noch zusammenarbeitet. Viel Wert legt sie auf eine enge, gemeinschaftliche Zusammenarbeit und das dazu noch zu günstigen Preisen.

Für sie Grund genug, Anthologien zu veröffentlichen, um Autoren mit wenig Einkommen den gleichen Service zukommen zu lassen, wie denen, die bessergestellt sind. Zusätzlich möchte sie mit den Anthologien ›Linda Marie Haupt‹ bei ihrem Tierschutzprojekt ›Kleine Notfellchen‹ unterstützen und spendet deshalb einen Teil der Einnahmen.

Weitere Informationen zu dem Service:
www.buchstabenpuzzle.de

Über das Tierschutzprojekt
›Kleine Notfellchen‹

Ich möchte euch gerne erzählen, was wir hier tun auf Mallorca. Denn wenn ihr mich wirklich unterstützen wollt, solltet ihr das schon wissen.

Als wir vor vier Jahren Mallorca zu unserem Wohnort gemacht haben, merkten wir sehr schnell, dass Tiere hier keinen besonderen Wert haben. Schon ein Jahr später wollten wir einen Verein gründen, um richtig helfen zu können. Doch wie das oft so ist, hat sich das leider zerschlagen, da so etwas natürlich Geld kostet und wir das mit unseren Erwerbsunfähigkeitsrenten nicht stemmen konnten.

Geblieben ist der Wunsch, das Bedürfnis, den armen Tieren zu helfen. Hier auf Mallorca gibt es einige »staatliche Tierheime«, doch lasst euch nicht irreführen, die Namen täuschen. Diese Heime sind Perreras - Tötungsstationen! Das bedeutet: Jedes Tier, egal ob Hund oder Katze, hat nach der Einlieferung in der Regel DREI Wochen Zeit, vermittelt zu werden. Gelingt das in dieser Zeit nicht – wird es getötet. Und dabei ist es völlig egal, ob es sich um junge, alte, gesunde oder kranke Tiere handelt. Ich sage in der Regel, denn manchmal, wenn die Perreras nicht überfüllt sind, haben einige die Chance, länger dort zu sein. Ist die Perrera überfüllt, wird ausgesucht: Zuerst die Kampfhunde, dann die großen Schwarzen (die bringen hier Unglück!), dann die Kranken, die Alten und zum Schluss die Welpen. Und dann wird getötet, der Reihe nach. Ungefähr 3000 Hunde und Katzen jedes Jahr.

Es gibt mittlerweile einige private Tierorganisationen unter deutscher Leitung, die in engem Kontakt mit den Perreras stehen, versuchen, so viele wie möglich dort freizukaufen und nach Deutschland zu vermitteln. Wir haben das auch versucht, doch ohne Beziehungen, Geld und Pflegestellen in Deutschland, ist es fast unmöglich, als »Normalmensch« ein Tier zu vermitteln. Vor drei Jahren fanden wir dann, Anfang Dezember, sechs Katzenwelpen im Alter von ca. fünf Wochen im Müll. Damit begann alles. Wir haben sie aufgepäppelt, Tierarzt.... Bekamen von zwei lieben Freunden aus Deutschland zu Weihnachten ein paar Riesenpakete mit Futterspenden. Dann kam das Problem der Vermittlung. Letztendlich haben wir alle, bis auf eine auf der Insel verschenkt. (Arbeitskollegen meiner Kinder) Ich will damit nur sagen, wir machen kein Geschäft damit. Die letzte, der Welpen war fast ein Jahr bei uns, bis auch sie eine Familie fand. Sie hat den Lottogewinn unter den Körbchen gefunden!

Weiter ging es mit einer alten, kranken Dame, die eine Katze mit vier Welpen hatte und sie nicht mehr versorgen konnte, außerdem aufgrund der Krankheit zurück nach Deutschland wollte. Also bekamen wir sie und hin und wieder bekommen wir auch von ihr noch Futter für die Katzen. Im Sommer vor zwei Jahren band man uns eine Kampfhundmischlingshündin an die Tür, sie lebt jetzt bei meiner Tochter.

Eine andere Familie hatte über dreißig Katzen, ging zurück nach Deutschland und ließ zehn davon zurück. Wir haben sie eingefangen sonst wären sie in der Perrera gelandet. Im letzten Jahr hatten wir innerhalb von einer Woche vier kleine Kätzchen ca. vier Wochen alt, aus der Mülltonne. Eines davon mit einem schrecklich entzündeten Auge, das entfernt werden musste und mit Katzenschnupfen. Aber sie hat es geschafft, unsere Ojita und es geht ihr heute gut! Allen geht es soweit gut, wir füttern sie, versorgen sie medizinisch, soweit wir können, ansonsten haben wir eine tolle Tierärztin, die uns gute Preise macht und bei der wir auch in Raten zahlen dürfen. Denn selbstverständlich sind alle kastriert worden, denn noch mehr Katzen - nein, vermehren sollen sie sich nicht. In diesem Jahr hatten wir erst ein Müllkätzchen und die kleine Püppy hat schon bei einem Freund ein neues Zuhause gefunden. Trotz allem versorgen wir täglich über zwanzig Katzen (Unterschiedlich, da immer ein paar Freßfreunde mit dabei sind) zweimal täglich mit Futter, Tropfen gegen entzündete Augen, kleinere Wunden.

Dazu kommen unsere drei Hunde, auch aus Perreras, die wir freigekauft haben, aber nicht vermitteln konnten. Sie bleiben nun. Wir können überhaupt keine Tiere mehr aus den Perreras holen, wir sind voll. (Es sei denn wir bekämen den Auftrag für jemanden, dies zu tun, weil er/ sie ihn haben möchte)

Aber wir können dafür sorgen, dass einige nicht dort landen und dafür setzen wir uns ein. Wer Hilfe braucht, bekommt sie, soweit wir das leisten können. Das ist es ganz kurz beschrieben, was wir hier auf Mallorca tun.

Es gibt auch die Seite »unsere Notfellchen«, auf der immer mal wieder Eintragungen zu finden sind.

Wenn ihr Fragen habt, ich beantworte sie gerne.

Eure Linda Marie Haupt

Weitere Informationen unter:
https://www.facebook.com/unsere.notfellchen

Inhalt